KB110474

# 빼앗긴 들에도 봄은 오는가

# 빼앗긴 들에도 봄은 오는가

## 이상화 시집

창작시대

현실을 외면하지 않으면서도
역사를 바로 꿰뚫어보는
치열한 시대정신과
따뜻한 휴머니즘정신을
아름다운 예술혼으로 상승시킨
암흑기의 민족시인이자 민중시인,
저항시인으로 부르는
이상화.
그의 감상적인 퇴폐성의 낭만주의,
저항적 항일 민족주의,
민족적 비애와 나라사랑의 정신을
詩로 만난다.

이상화 시집 ‖ 빼앗긴 들에도 봄은 오는가

# 차례

# 차례

# 빼앗긴 들에도 봄은 오는가

지금은 남의 땅―
빼앗긴 들에도 봄은 오는가?

나는 온몸에 햇살을 받고
푸른 하늘 푸른 들이 맞붙은 곳으로
가르마 같은 논길을 따라
꿈속을 가듯 걸어만 간다.

입술을 다문 하늘아, 들아
내 맘에는 내 혼자 온 것 같지를 않구나!
네가 끌었느냐? 누가 부르더냐?
답답하여라, 말을 해 다오.

바람은 내 귀에 속삭이며
한 자국도 섰지 마라, 옷자락을 흔들고
종다리는 울타리 너머
아가씨같이 구름 뒤에서 반갑다 웃네.

고맙게 잘 자란 보리밭아!
간밤 자정이 넘어 내리던 고운 비로
너는 심단 같은 머리를 감았구나
내 머리조차 가뿐하다.

혼자라도 가쁘게 나가자
마른 논을 안고 도는 착한 도랑이
젖먹이 달래는 노래를 하고
제 혼자 어깨춤만 추고 가네.

나비, 제비야 깝치지 마라
맨드라미, 들마꽃에도 인사를 해야지
아주까리 기름을 바른 이가 지심 매던 그 들이라
다 보고 싶다.

내 손에 호미를 쥐어다오.
살찐 젖가슴과 같은 부드러운 이 흙을
발목이 시도록 밟아도 보고

좋은 땀조차 흘리고 싶다.

강가에 나온 아이와 같이
짬도 모르고 끝도 없이 닫는 내 혼아!
무엇을 찾느냐? 어디로 가느냐?
우스웁다, 답을 하려무나.

나는 온몸에 풋내를 띠고
푸른 웃음, 푸른 설움이 어우러진 사이로
다리를 절며 하루를 걷는다
아마도 봄 신령이 잡혔나 보다.

그러나, 지금은ㅡ
들을 빼앗겨 봄조차 빼앗기겠네.

# 나의 침실로

－가장 아름답고 오랜 것은 오직 꿈속에만 있어라－


'마돈나' 지금은 밤도 모든 목거지에 다니노라, 피
곤하여 돌아가련도다.
아, 너도 먼동이 트기 전으로 수밀도(水蜜桃)의 네
가슴에 이슬이 맺도록 달려오너라.


'마돈나' 오려무나, 네 집에서 눈으로 유전(遺傳)하
던 진주는 다 두고 몸만 오너라.
빨리 가자, 우리는 밝음이 오면 어딘지 모르게 숨
는 두 별이어라.


'마돈나' 구석지고도 어둔 마음의 거리에서 나는
두려워 떨며 기다리노라.
아, 어느덧 첫닭이 울고－뭇 개가 짖도다. 나의 아
씨여 너도 듣느냐.


'마돈나' 지난밤이 새도록 내 손수 닦아둔 침실(寢
室)로 가자. 침실로!
낡은 달은 빠지려는데 내 귀가 듣는 발자국－오,

너의 것이냐?

'마돈나' 짧은 심지를 더우잡고 눈물도 없이 하소
연하는 내 마음의 촉(燭)불을 봐라.
양털 같은 바람결에도 질식이 되어 얄푸른 연기로
꺼지려는도다.

'마돈나' 오너라, 가자, 앞산 그르매가 도깨비처럼
발도 없이 이곳 가까이 오도다.
아, 행여나 누가 볼는지─가슴이 뛰누나. 나의 아
씨여, 너를 부른다.

'마돈나' 날이 새련다, 빨리 오려무나. 사원(寺院)의
쇠북이 우리를 비웃기 전에.
네 손이 내 목을 안아라, 우리도 이 밤과 같이 오
랜 나라로 가고 말자.

'마돈나' 뉘우침과 두려움의 외나무 다리 건너 있는

내 침실 열 이도 없느니!

아, 바람이 불도다. 그와 같이 가볍게 오려무나, 나의 아씨여, 네가 오느냐?


'마돈나' 가엾어라, 나는 미치고 말았는가. 없는 소리를 내 귀가 들음은—

내 몸에 피란 피—가슴의 샘이 말라버린 듯 마음과 몸이 타려는도다.


'마돈나' 언젠들 안 갈 수 있으랴, 갈 테면 우리가 가자. 끄을려 가지 말고!

너는 내 말을 믿는 '마리아'—내 침실이 부활의 동굴임을 네야 알련만 ….


'마돈나' 밤이 주는 꿈, 우리가 얽는 꿈, 사람이 안고 궁구는 목숨의 꿈이 다르지 않느니.

아, 어린애 가슴처럼 세월 모르는 나의 침실로 가자, 아름답고 오랜 거기로.

‘마돈나’ 별들의 웃음도 흐려지려 하고 어둔 밤 물 결도 잦아지려는도다.

아, 안개가 사라지기 전으로 네가 와야지. 나의 아 씨여, 너를 부른다.

# 그날이 그립다

내 생명의 새벽이 사라지도다.
그립다, 내 생명의 새벽 — 설어라, 나 어릴 그 때도
지나간 검은 밤들과 같이 사라지려는도다.
성녀의 피수포처럼 더러움의 손 입으로는 감히 대
이기도 부끄럽던 아가씨의 목 — 젖가슴빛 같은 그
때의 생명!

아, 그날 그때에는 낮도 모르고 밤도 모르고 봄빛
을 머금고 움 돋던 나의 영이 저녁의 여울 위로
곤두치는 고기가 되어
술 취한 물결처럼 갈모로 춤을 추고 꽃심의 냄새
를 뿜는 숨결로 아무 가림도 없는 노래를 잇대어
불렀다.

아, 그날 그때에는 낮도 없이 밤도 없이 행복의 시
내가 내개로 흘러서 은칠한 웃음을 만들어내며 혼
자 있어도 외롭지 않았고 눈물이 나와도 쓰린 줄
몰랐다.

내 목숨의 모두가 봄빛이기 때문에 울던 이도 나
만 보면 웃어들 주었다.

아, 그립다, 내 생명의 새벽 ─ 설어라, 나 어릴 그
때도 지나간 검은 밤들과 같이 사라지려는도다.
오늘 성경 속의 생명수에 아무리 조촐하게 씻은
손으로도 감히 만지기에 부끄럽던 아가씨의 목 ─
젖가슴빛 같은 그때의 생명!

# 서러운 해조(諧調)

하얗던 해는
떨어지려 하여
헐떡이며
피 뭉텅이가 되다.

샛붉던 마음
늙어지려 하여
곯아지며
굼벵이 집이 되다.

하루 가운데
오는 저녁은
너그럽다는 하늘의
못 속일 멍텅일러라.

일생 가운데
오는 젊음은
복스럽다는 사람의
못 감출 설움일러라.

# 이별을 하느니

어쩌면 너와 나 떠나야겠으며 아무래도 우리는 나
뉘어야겠느냐?
남몰래 사랑하는 우리 사이에 남몰래 이별이 올
줄은 몰랐어라.

꼭두로 오르는 정열에 가슴과 입술이 떨어 말보담
숨결조차 못 쉬노라.
오늘 밤 우리 둘의 목숨이 꿈결같이 보일 애타는
네 맘 속을 내 어이 모르랴.

애인아, 하늘을 보아라, 하늘이 까라졌고 땅을 보
아라, 땅이 꺼졌도다.
애인아, 내 몸이 어제같이 보이고 네 몸도 아직 살
아서 내 곁에 앉았느냐?

어쩌면 너와 나 떠나야겠으며 아무래도 우리는 나
뉘어야겠느냐.
우리 둘이 나뉘어 생각하며 사느니 차라리 바라보며

우는 별이나 되자!

사랑은 흘러가는 마음 위에서 웃고 있는 가비얍은 갈대꽃인가.
때가 오면 꽃송이는 곯아지며 때가 가면 떨어졌다 썩고 마는가.

님의 기림에서만 믿음을 얻고 님의 미움에서는 외롬만 받을 너이었드냐.
행복을 찾아선 비웃음도 모르는 인간이면서 이 고행을 싫어할 나이었드냐.

애인아, 물에다 물탄 듯 서로의 사이에 경계가 없던 우리 마음 위로
애인아, 검은 그림자가 오르락내리락 소리도 없이 어른거리도다.

남 몰래 사랑하는 우리 사이에 우리 몰래 이별이 올

줄은 몰랐어라.
우리 둘이 나뉘어 사람이 되느니 차라리 피울음
우는 두견이나 되자!

오려무나, 더 가까이 내 가슴을 안으라, 두 마음
한 가락으로 얼어보고 싶다.
자그마한 부끄럼과 서로 아는 미쁨 사이로 눈 감
고 오는 방임(放任)을 맞이하자.

아, 주름 잡힌 네 얼굴─이별이 주는 애통이냐? 이
별은 쫓고 내게로 오너라.
상아의 십자가 같은 네 허리만 더우잡는 내 팔 안
으로 달려만 오너라.

애인아, 손을 다고, 어둠 속에도 보이는 납색(色)의
손을 내 손에 쥐어다고
애인아, 말해다고, 벙어리 입이 말하는 침묵의 말
을 내 눈에 일러다고.

어쩌면 너와 나 떠나야겠으며 아무래도 우리는 나
뉘어야겠느냐?
우리 둘이 나뉘어 미치고 마느니 차라리 바다에
빠져 두 마리 인어로나 되어서 살자!

# 무제(無題)

오늘 이 길을 밟기까지는
아, 그때가 가장 괴롭도다
아직도 남은 애달픔이 있으려니
그를 생각는 오늘이 쓰리고 아프다.

헛웃음 속에 세상이 잊어지고
끄을리는 데 사람이 산다면
검아, 나의 신령을 돌멩이로 만들어다고
제 사리의 길은 제 찾으려는 그를 죽여다고.

참웃음의 나라를 못 밟을 나이라면
차라리 속 모르는 죽음에 빠지련다
아, 멍들고 이울어진 이 몸은 묻고
쓰린 이 아픔만 품 깊이 안고 죽으련다.

# 방문 거절

아, 내 맘의 잠근 문을, 뚜드리는 이여, 네가 누구
냐? 이 어둔 밤에
'영예!'
방두깨 살자는 영예여! 너거든 오지 말아라
나는 네게서 오직 가엾은 선웃음을 볼 뿐이로라.

아, 벙어리 입으로 문만 뚜드리는 이여, 너는 누구
냐? 이 어둔 밤에
'생명!'
도깨비 노래하자는 목숨아, 너는 돌아가거라
네가 수는 것 다만 내 가슴을 썩힌 곰팡이뿐일러라.

아, 아직도 문을 뚜드리는 이여! 이 어둔 밤에
'애련!'
불놀이하자는 사람아, 너거든 와서 낚아 가거라
내겐 너 줄, 오직 네 병든 몸속에 누운 넋뿐이로라.

# 극단(極端)

펄덕이는 내 신령이 몸부림치며
어제 오늘 몇 번이나 발버둥질하다
쉬지 않는 타임은 내 울음 뒤로
흐르도다 흐르도다 날 죽이려 흐르도다.

별빛이 달음질하는 그 사이로
나뭇가지 끝을 바람이 무찌를 때
귀뚜라미 왜 우는가 말 없는 하늘을 보고?
이렇게도 세상은 야밤에 있어라.

지난해 지난날은 그 꿈속에서
나도 몰래 그렇게 지나왔도다
땅은 내가 디딘 땅은 몇 번 궁구려
아, 이런 눈물 골짝에 날 던졌도다.

나는 몰랐노라 안일한 세상이 자족에 있음을
나는 몰랐노라 행복된 목숨이 굴종(屈從)에 있음을
그러나 새 길을 찾고 그 길을 가다가

거리에서도 죽으려는 내 신령은 너무도 외로워라.

자족 굴종에서 내 길을 찾기보담
남의 목숨에서 내 사리를 얽매기보담
오, 차라리 죽음―죽음이 내 길이노라
다른 나라 새 사리로 들어갈 그 죽음이―

그러나 이 길을 밟기까지는
아, 그날 그때가 가장 괴롭도다
아직도 남은 애달픔이 있으려니
그를 생각는 그때가 쓰리고 아프다.

가서는 오지 못할 이 목숨으로
언제든지 헛웃음 속에만 살려거든
검아 나의 신령을 돌맹이로 만들어 다고
개천바닥에 썩고 있는 돌맹이로 만들어 다고

# 빈촌의 밤

봉창구멍으로
나른하여 조으노라.
깜작이는 호롱불─
햇빛을 꺼리는 늙은 눈알처럼
세상 밖에서 앓는다, 앓는다.

아, 나의 마음은
사람이란 이렇게도
광명을 그리는가─
담조차 못 가진 거적문 앞에를
이르러 들으니, 울음이 돌더라.

# 비음

-비음(緋音)의 서사-

이 세기를 몰고 넣는, 어둔 밤에서
다시 어둠을 꿈꾸노라 조으는 조선의 밤-
망각 뭉텅이 같은, 이 밤 속으론
햇살이 비추어오지도 못하고
하느님의 말씀이, 배부른 군소리로 들리노라.

낮에도 밤-밤에도 밤-
그 밤의 어둠에서 스며난, 뒤직이 같은 신령은
광명의 목거지란 이름도 모르고
술 취한 장님이 먼 길을 가듯
비틀거리는 자국엔 피물이 흐른다.

30

# 바다의 노래

-나의 넋, 물결과 어우러져 동해의 마음을 가져온 노래-


내게로 오너라 사람아 내게로 오너라
병든 어린애의 헛소리와 같은
묵은 철리(哲理)와 낡은 성교(聖敎)는 다 잊어버리고
애통(哀痛)을 안은 채 내게로만 오너라.

하느님을 비웃을 자유가 여기 있고
늙어지지 않는 청춘도 여기 있다
눈물 젖은 세상을 버리고 웃는 내게로 와서
아, 생명이 변동(變動)에만 있음을 깨우쳐 보아라.

# 어머니의 웃음

날이 맞도록
윈 데로 헤매노라―
나른한 몸으로도
시들픈 맘으로도
어둔 부엌에
밥 짓는 어머니의
나보고 웃는 빙그레 웃음!

내 어려 젖 먹을 때
무릎 위에다
나를 고이 안고서
늙음조차 모르던
그 웃음을 아직도
보는가 하니
외로움의 조금이
사라지고 거기서
가는 기쁨이 비로소 온다.

# 가장 비통한 기욕(祈慾)

-간도 이민을 보고-

아, 가도다 가도다 쫓겨가도다
잊음 속에 있는 간도(間島)와 요동(遼東)벌로
주린 목숨 움켜쥐고 쫓겨가도다
진흙을 밥으로, 해채를 마셔도
마구나 가졌으면 단잠은 얽맬 것을-
사람을 만든 검아, 하루 일찍
차라리 주린 목숨 뺏어 가거라!

아, 사노라 사노라 취해 사노라
자폭(自暴) 속에 있는 서울과 시골로
멍든 목숨 행여 갈까 취해 사노라
어둔 밤 말 없는 돌을 안고서
피울음을 울어도 설움은 풀릴 것을-
사람을 만든 검아, 하루 일찍
차라리 취한 목숨 죽여 버려라!

# 조소

두터운 이불을
포개 덮어도
아직 추운
이 겨울밤에
언 길을 밟고 가는
장돌림 봇짐장사
재 너머 마을
저자 보러
중얼거리며
헐떡이는 숨결이
아—
나를 보고 나를
비웃으며 지난다.

# 지반정경(池畔靜景)

-파계사 용소(龍沼)에서-

능수버들의 거듭 포개인 잎 사이에서
해는 주등색(朱橙色)의 따사로운 웃음을 던지고
깜푸르게 몸꼴 꾸민 저편에선
남모르게 하는 바람의 군소리-가만히 오다.

나는 아무 빛깔도 없는 욕망과 기원으로
어디인지도 모르는 생각의 바다 속에다
원무 추는 영혼을 뜻대로 보내며
여름 우수에 잠긴 풀 사이길을 오만스럽게 밟고 간다.

우거진 나무 밑에 넋 빠진 네 몸은
속마음 깊게-고요롭게-미끄러우며
생각에 겨운 눈물과 같이
이름도 얼굴도 모르는 빈 꿈을 얽매더라.

물 위로 죽은 듯 엎디어 있는
끝도 없이 옅푸른 하늘의 영원성(永遠性) 품은 빛이
그리는 애인을 뜻밖에 만난 미친 마음으로

내 가슴에 나도 몰래 숨었던 나라와 어우러지다.

나의 넋은 바람결의 구름보다도 빈약하여라
잠자리와 제비 뒤를 따라 가볍게 돌며
별나라로 오르다－갑자기 흙 속으로 기어들고
다시는 해묵은 낙엽과 고목의 거미줄과도 헤매이노라.

저문 저녁에 쫓겨난 쇠북소리 하늘 너머로 사라지고
이 날의 마지막 놀이로 어린 고기들 물놀이 칠 때
내 머리 속에서 단잠 깬 기억은 새로이 이곳 온
까닭을 생각하노라.

이 몸이 세상 같고 내 한 몸이 모든 사람 같기도 하다!
아, 너그럽게도 숨막히는 그윽일러라, 고요롭은 설
움일러라.

# 허무교도의 찬송가

오를지어다, 있다는 너희들의 천국으로—
내려보내라, 있다는 너희들의 지옥으로—
나는 하느님과 운명에게 사로잡힌 세상을 떠난
너희들이 보지 못할 먼 길 가는 나그네일다!

죽음을 가진 뭇 떼여! 나를 따르라!
너희들의 청춘도 새 송장의 눈알처럼 쉬 꺼지리라
아, 모든 신명이여, 사기사들이여 자취를 감추라
허무를 깨달은 그때의 칼날이 네게로 가리라.

나는 만상(萬象)을 가리운 가장(假粧) 너머를 보았다
다시 나는 이 세상의 비부(秘符)를 혼자 보았다
그는 이 땅을 만들고 인생을 처음으로 만든 미지의 요정이
저에게 반역할까 하는 어리석은 뜻으로
'모든 것이 헛것이다' 적어 둔 그 비부를.

아, 세상에 있는 무리여! 나를 믿으라
나를 따르지 않거든 속 썩은 너희들의 사랑을 가져가거라

나는 이 세상에서 빌어 입은 '숨키는 옷'을 벗고
내 집 가는 어렴풋한 직선의 위를 이제야 가렴이다.

사람아! 목숨과 행복이 모르는 새 나라에만 있도다
세상은 죄악을 뉘우치는 마당이니
게서 얻은 모든 것은 목숨과 함께 던져 버리라
그때야 우리를 기다리던 우리 목숨이 참으로 오리라.

# 독백

나는 살련다 나는 살련다
바른 맘으로 살지 못하면 미쳐서도 살고 말련다
남의 입에서 세상의 입에서
사람 영혼의 목숨까지 끊으려는
비웃음의 쌀이
내 송장의 불쌍스런 그 꼴 위로
소낙비가 치내려 쏟을지라도 —
짓퍼불지라도
나는 살련다 내 뜻대로 살련다
그래도 살 수 없다면 —
나는 제 목숨이 아까운 줄 모르는
벙어리의 붉은 울음 속에서라도
살고는 말련다
원한(怨恨)이란 이름도 얼굴도 모르는
장마진 냇물의 여울 속에 빠져서 나는 살련다
게서 팔과 다리를 허둥거리고
부끄럼 없이 몸살을 쳐보다
죽으면 — 죽으면 — 죽어서라도 살고는 말련다.

# 가을의 풍경

맥 풀린 햇살에 번쩍이는 나무는 선명하기 동양화일러라
흙은 아낙네를 감은 천아융(天鵝絨) 허리띠같이도
따습어라.

무거워 가는 나비 나래는 드물고도 쇠(衰)하여라
아, 멀리서 부는 피리소린가! 하늘 바다에서 헤엄
질하다.

병들어 힘없이도 섰는 잔디풀—나뭇가지로
미풍의 한숨은 가는[細] 목을 메고 껄떡이어라.

참새 소리는 제 소리의 몸짓과 함께 가볍게 놀고
온실 같은 마루 끝에 누운 검은 괴의 등은 부드럽
게도 기름져라.

청춘을 잃어버린 낙엽은 미친 듯 나부끼어라
서럽고도 즐겁게 조을음 오는 적멸(寂滅)이 더부렁
거리다.

사람은 부질없이 가슴에다 까닭도 모르는 그리움
을 안고
마음과 눈으론 지나간 푸름의 인상(印象)을 허공에
다 그리어라.

# 이중의 사망

−가서 못 오는 박태원(朴泰元)의 애틋한 영혼에게 바침−

죽음일다!
생낸 해가 이빨을 갈고
입술은 붉으락푸르락 소리 없이 훌쩍이며
유린(蹂躪)받은 계집같이 검은 무릎에 곤두치고 죽음일다!

만종(晩鐘)의 소리에 마구를 그리워 우는 소−
피난민의 마음으로 보금자리를 찾는 새−
다 검은 농무(濃霧)의 속으로 매장(埋葬)되고
대지는 침묵한 뭉텅이 구름과 같이 되다!

'아, 길 잃은 어린 양아 어디로 가려느냐
아, 어미 잃은 새 새끼야 어디로 가려느냐'
비극의 서곡을 리프레인하듯
허공을 지나는 숨결이 말하더라.

아, 도적놈의 죽일 숨 쉬듯 한 미풍에 부딪혀도
설움의 실패꾸리를 풀기 쉬운 나의 마음은

하늘 끝과 지평선이 어둔 비밀실에서 입 맞추다
죽은 듯한 그 벌판을 지나려 할 때 누가 알랴.

어여쁜 계집의 씹는 말과 같이
제 혼자 지절대며 어둠에 끓는 여울은 다시 고요히
농무에 휩싸여 맥 풀린 내 눈에서 껄떡이다.

바람결을 안으려 나부끼는 거미줄같이
헛웃음 웃는 미친 계집의 머리털로 묶은—
아, 이 내 신령의 낡은 거문고 줄은
청철의 옛 성문을 닫힌 듯한 얼빠진 내 귀를 뚫고
울어 들다—울어 들다—울다는 다시 웃다—
악마가 야호(野虎)같이 춤추는 깊은 밤에
물방앗간의 풍차가 미친 듯 돌며
곰팡슬은 성대로 목메인 노래를 하듯 …
저녁 바다의 끝도 없이 몽롱한 먼 길을
운명의 악지 바른 손에 끄을려 나는 방황해 가는도다
남풍에 돛대 꺾인 목선과 같이 나는 방황해 가는도다.

아, 인생의 쓴 향연에 불림 받은 나는 젊은 환몽의
속에서
청상(靑孀)의 마음 위와 같이 적막한 빛의 음지에서
구차를 따르며 장식(葬式)의 애곡을 듣는 호상객처
럼-
털 빠지고 힘없는 개의 목을 나도 드리우고
나는 넘어지다-나는 거꾸러지다!

죽음일다!
부드럽게 뛰놀던 나의 가슴이
주린 빈랑(牝狼)의 미친 발톱에 찢어지고
아우성치는 거친 어금니에 깨물려 죽음일다!

# 말세의 희탄(希嘆)

저녁에 피 묻은 동굴 속으로
아, 밑 없는 그 동굴 속으로
끝도 모르고
끝도 모르고
나는 거꾸러지련다
나는 파묻히련다.

가을의 병든 미풍의 품에다
아, 꿈꾸는 미풍의 품에다
낮도 모르고
밤도 모르고
나는 술 취한 잔을 세우련다
나는 속 아픈 웃음을 빚으련다.

# 단조(單調)

비 오는 밤
가라앉은 하늘이
꿈꾸듯 어두워라.

나뭇잎마다에서
젖은 속살거림이
끊이지 않을 때일러라.

마음의 막다른
낡은 뒤 집에선
뉜지 모르나 까닭도 없어라.

눈물 흘리는 적(笛) 소리만
가없는 마음으로
고요히 밤을 지우다.

저―편에 늘어섰는
백양나무 숲의 살찐 그림자는

잊어버린 기억이 떠돔과 같이
침울-몽롱한
캔바스 위에서 흐느끼이다.

아! 야릇도 하여라
야밤의 고요함은
내 가슴에도 깃들이다.

벙어리 입술로
떠도는 침묵은 추억의 녹 낀 창을
죽일 숨 쉬며 엿보아라.

아! 자취도 없이
나를 껴안는
이 밤의 훗짐이 서러워라.

비 오는 밤
가라앉은 영혼이

죽은 듯 고요도 하여라.

내 생각의
거미줄 끝마다에서도
젖은 속살거림은
줄곧 쉬지 않아라.

# 초혼

서럽다 건망증이 든 도회야!
어제부터 살기조차 다—두었대도
몇 백 년 전 네 몸이 생기던 옛 꿈이나마
마지막으로 한 번은 생각코나 말아라.
서울아, 반역(叛逆)이 낳은 도회야!

# 비 갠 아침

밤이 새도록 퍼붓던 그 비도 그치고
동편 하늘이 이제야 붉으레하다
기다리는 듯 고요한 이 땅 위로
해는 점잔하게 돋아 오른다.

눈부시는 이 땅
아름다운 이 땅
내야 세상이 너무도 밝고 깨끗해서
발을 내밀기에 황송만 하다.

해는 모든 것에게 젖을 주었나 보다
동무여 보아라
우리의 앞뒤로 있는 모든 것이
햇살의 가닥가닥을 잡고 빨지 않느냐.

이런 기쁨이 또 있으랴
이런 좋은 일이 또 있으랴
이 땅은 사랑뭉텅이 같구나
아, 오늘의 우리 목숨은 복스러워도 보인다.

# 원시적 읍울

－어촌 애경(哀景)－

방랑성(放浪性)을 품은 에메랄드 널판의 바다가 말
없이 엎디었음이
뫼머리에서 늦여름의 한낮 숲을 보는 듯－조으는
얼굴일러라.
짜증나게도 늘어진 봄날－오후의 하늘이야 희기도
하여라.
거기선 이따금 어머니의 젖꼭지를 빠는 어린애 숨
결이 날려 오도다.
사선 언덕 위로 쭈그리고 앉은 두어 집 울타리마다
걸어 둔 그물에 틈틈이 끼인 조개껍질은 멀리서
웃는 이빨일러라.
마을 앞으로 엎디어 있는 모래길에는 아무도 없구나
지난 밤 밤낚시에 나른하여－낮잠의 단술을 마심
인가 보다.
다만 두서넛 젊은 아낙네들이 붉은 치마 입은 허
리에 광주리를 달고
바다의 꿈 같은 미역을 거두며 여울목에서 여울목
으로 건너만 간다.

잠결에 듣는 듯한 뻐꾸기의 부드럽고도 구슬픈 울
음 소리에
늙은 삽사리 목을 빼고 살피다간 다시 눈 감고 조을더라.
나의 가슴엔 갈매기 떼와 함께 수평선 밖으로 넘
어가는 마음과
넋 잃은 시선-어느 것 보이지도 보려도 않는 물
같은 생각의 구름만 쌓일 뿐이어라.

# 본능의 노래

밤새도록 하늘의 꽃밭이 세상으로 옵시사 비는 입
에서나
날삯에 팔려 과년해진 몸을 모시는 흙마루에서나
앓는 이의 조으는 숨결에서나 다시는
모든 것을 시들프게 아는 늙은 마음 위에서나
어디서 언제일는지
사람의 가슴에 뛰놀던 가락이 너무나 고달파지면
'목숨은 가엾은 부림꾼이라' 곱게도 살찌게 쓰담어
주려
입으론 하품이 흐르더니ー이는 신령의 풍류이어라
몸에선 기지개가 켜이더니ー이는 신령의 춤이어라.

이 풍류의 소리가 네 입에서 사라지기 전
이 춤의 발자국이 네 몸에서 떠나기 전
(그때는 가려운 옴 자리를 긁음보다도 밤마다 꿈
만 꾸던 두 입술이 비로소 맞붙는 그때일러라)
그때의 네 눈엔 간악한 것이 없고
죄롭은 생각은 네 맘을 밟지 못하도다

아, 만입을 내가 가진 듯 거룩한 이 동안을 나는
기리노라
때마다 흘겨보고 꿈에도 싸우던 넋과 몸이 어울어
지는 때다
나는 무덤 속에 가서도 이같이 거룩한 때에 살고
읊으려노라.

# 대구행진곡

앞으로는 비슬산 뒤로는 팔공산
그 복판을 흘러가는 금호강 물아
쓴 눈물 긴 한숨이 얼마나 쌧기에
밤에는 밤 낮에는 낮 이리도 우나

반 남아 무너진 달구성(達句城) 옛터에나
숲 그늘 우거진 도수원(刀水園) 놀이터에
오고 가는 사람이 많기야 하여도
방천뚝 고목처럼 여윈이 얼마랴

넓다는 대구(大邱) 감영 아무리 좋대도
웃음도 소망도 빼앗긴 우리로야
님조차 못 가진 외로운 몸으로야
앞뒤뜰 다 헤매도 가슴이 답답타

가을 밤 별같이 어여쁜 이 있거든
착하고 귀여운 술이나 부어 다고
숨가쁜 이 한밤은 잠자도 말고서
달 지고 해 돋도록 취해나 볼 테다.

# 이 해를 보내는 노래

'가뭄이 들고 큰물이 지고 불이 나고 목숨이 많이 죽은 올해이다. 조선사람아 금강산에 풀이 났단 이 한 말이 얼마나 기쁜 묵시(黙示)인가. 몸서리치는 말이 아니냐. 오, 하느님—사람의 약한 마음이 만든 도깨비가 아니라 우리에게 힘을 주는 자연의 정령(精靈)인 하나뿐인 사람의 예지를—불러 말하노니, 잘못 짐작을 갖지 말고 바로 보아라. 이 해가 다 가기 전에—조선사람의 가슴마다에 숨어 사는 모든 하느님들아!'

하느님! 나는 당신께 돌려보냅니다.
속 썩은 한숨과 피 젖은 눈물로 이 해를 싸서
웃고 받을지 울고 받을지 모르는 당신께 돌려보냅니다.
당신이 보낸 이 해는 목마르던 나를 물에 빠져 죽이려다가
누더기로 겨우 가린 헐벗은 몸을 태우려고도 하였고
주리고 주려서 사람끼리 원망타가 굶어 죽고 만
이 해를 돌려보냅니다.

하느님! 나는 당신께 묻잡으려 합니다.

땅에 엎드려 하늘을 우러러 창자 빈 소리로

믿게 들을지 섧게 들을지 모르는 당신께 묻잡으려

합니다.

당신 보낸 이 해는 우리에게 '노아의 홍수'를 갖고

왔다가

그날의 '유황불'은 사람도 만들 수 있다 태워 보였으나

주리고 주려도 우리들이 못 깨우쳤다 굶어죽었던

가 묻잡으려 합니다.

아, 하느님!

이 해를 받으시고 오는 새해 아침부턴 벼락을 내

려 줍쇼.

악도 선보담 더 착할 때 있음을 아옵든지 모르면

죽으리라.

# 몽환병

목적도 없는 동경(憧憬)에서 명정(酩酊)하던 하루이
었다.

어느 날 한낮에 나는 나의 '에덴'이라던 솔숲 속
에 그날도 고요히 생각에 까무러지면서 누워 있
었다.

잠도 아니요 죽음도 아닌 침울이 쏟아지며 그 뒤를
이어선 신비로운 변화가 나의 심령(心靈) 위로 덮쳐
왔다.

나의 생각은 넓은 들판에서 깊은 구렁으로-다시
아침 광명이 춤추는 결정으로-또다시 끝도 없는
검은 바다에서 낯선 피안(彼岸)으로-구름과 저녁
놀이 흐느끼는 그 피안에서 두려움 없는 주저(躊躇)
에 나른하여

눈을 감고 주저앉았다.

오래지 않아 내 마음의 길바닥 위로 어떤 검은 안
개 같은 요정이 소리도 없이 오만한 보조로 무엇
을 찾는 듯이 돌아다녔다. 그는 모두 검은 의상을

입었는가—한 억촉(憶觸)이 나기도 하였다. 그때 나의 몸은 갑자기 열병 든 이의 숨결을 지었다. 온몸에 있던 맥박이 한꺼번에 몰려 가슴을 부술 듯이 뛰놀았다.

그리하자 보고저워 번개불같이 일어나는 생각으로 두 눈을 부비면서 그를 보려 하였으나, 아—그는 누군지—무엇인지—형적(形跡)조차 언제 있었냐 하는 듯이 사라져버렸다. 애닯게도 사라져버렸다.
다만 나의 기억에는 얼굴에까지 흑색면사(黑色面紗)를 쓴 것과 그 면사 너머에서 햇살 쪼인 석탄과 같은 눈알 두 개의 깜짝이던 것뿐이었다. 아무리 보고자 하여도 구름 덮인 겨울과 같은 유장(帷帳)이 안계(眼界)로 전개될 뿐이었다. 발자국 소리나 옷자락 소리조차도 남기지 않았다.

갈피도—까닭도 못 잡을 그리움이 내 몸 안과 밖 어느 모퉁이에서나 그칠 줄 모르는 눈물과 같이

흘러내렸다-흘러내렸다. 숨가쁜 그리움이었다-못
참을 것이었다.

아! 요정은 전설과 같이 갑자기 현현(顯現)하였다.
그는 하얀 의상을 입었다. 그는 우상과 같이 빙그
레 웃을 뿐이었다. 뽀얀 얼굴에-새까만 눈으로 연
붉은 입술로 소리도 없이 웃을 뿐이었다-나는 청
맹과니의 시양(視樣)으로 바라보았다-들여다보았
다.
오! 그 얼굴이었다-그의 얼굴이었다-잊혀지지 않
는 그의 얼굴이었다. 내가 항상 만들어 보던 것이
었다.

목이 메이고 청이 잠겨서 가슴 속에 끓는 마음
이 말이 되어 나오지 못하고 불김 같은 숨결이
켜질 뿐이었다. 손도 들리지 않고 발도 떨어지지
않고 가슴 위에 쌓인 바윗돌을 떼밀려고 애쓸
뿐이었다.

그는 검은 머리를 흐트리고 한 걸음 한 걸음 걸어왔다. 나는 놀라운 생각으로 자세히 보았다. 그의 발이 나를 향하고 그의 눈이 나를 부르고 한 자국 한 자국 내게로 와 섰다. 무엇을 말할 듯한 입술로 내게로 내게로 오던 것이다─나는 눈이야 찢어져라고 크게만 떠보았다. 눈초리도 이빨도 똑똑히 보였다.

그러나 갑자기 그는 걸음을 멈추고 입을 다물고 나를 보았다─들여다보았다. 아, 그 눈이 다른 눈으로 나를 보았다. 내 눈을 뚫을 듯한 무서운 눈이었다. 아, 그 눈에서─무서운 그 눈에서 빗발 같은 눈물이 흘렀다. 까닭 모를 눈물이었다─답답한 설움이었다.

여름 새벽 잔디풀 잎사귀에 맺혀서 떨어지는 이슬과 같이 그의 검고도 가는 속눈썹마다에 수은 같은 눈물이 방울방울 달려 있었다. 아깝고 애처로운 그 눈물은 그의 두 볼—그의 손등에서 반짝이며 다시 고운 때 묻은 모시치마를 적시었다. 아! 입을 벌리고 받아먹고 저운 귀여운 눈물이었다. 뼈 속에 감추어 두고 저운 보배로운 눈물이었다.

그는 어깨를 한두 번 비슥하다가 나를 등지고 돌아섰다. 흐트러진 머리숱이 온통 덮은 듯하였다. 나는 능수버들 같은 그 머리카락을 안으려 하였다 —하다못해 어루만져라도 보고저 왔다. 그러나 그는 한 걸음—두 걸음 저리로 갔다. 어쩔 줄 모르는 실움만을 나의 가슴에 남겨다 두고 한번이나마 돌아볼 바도 없이 찬찬히 가고만 있었다. 잡을래야 잡을 수 없이 가다간 갑자기 사라져버렸다. 눈알이 빠진 듯한 어둠뿐이었다. 행여나 하는 맘으로 두 발을 꼬으고 기다렸었다. 허나 그것은 헛일이었다. 아무것도 보이지 않았다. 이리하여 그는 가고 오지 않았다.

나의 생각엔 곤비(困憊)한 밤의 단꿈 뒤와 같은 추고(追考)－가상의 영감이 떠돌 뿐이었다. 보다 더 야릇한 것은 그 요정이 나오던 그때부터는－사라진 뒤 오래도록 마음이 미온수에 잠긴 얼음조각처럼 부류(浮流)가 되며 해이(解弛)가 되나 그래도 무정방으로 욕념(欲念)에도 없는 무엇을 찾는 듯하였다.

그때 눈과 마음의 렌즈에 영화된 것은 다만 장님의 머릿속을 들여다보는 듯한 혼무(混霧) 뿐이요, 영혼과 입술에는 훈향에 비친 나비의 넋 빠진 침묵이 흐를 따름이었다. 그밖엔 오직 망각이 이제야 땐 입 속에서 자체의 존재를 인식하게 된 기억으로 거닐을 뿐이었다. 나는 저물어가는 하늘에 조으는 별을 보고 눈물 젖은 소리로,
'날은 저물고
밤이 오도다
흐릿한 꿈만 안고

나는 살도다'고 하였다.

아! 한낮에 눈을 뜨고도 이렇던 것은 나의 병인가
청춘의 병인가?
하늘이 부끄러운 듯이 새빨개지고 바람이 이상스
러운지 속삭일 뿐이다.

# 겨울 마음

물장사가 귓속으로 들어와 내 눈을 열었다
보아라!
까치가 뼈만 남은 나뭇가지에서 울음을 운다
왜 이래?
서리가 덩달아 추녀 끝으로 눈물을 흘리는가
내야 반가웁기만 하다 오늘은 따스하겠구나.

## 조선병(朝鮮病)

어제나 오늘 보이는 사람마다 숨결이 막힌다
오래간만에 만나는 반가움도 없이
참외꽃 같은 얼굴에 선웃음이 집을 짓더라
눈보라 몰아치는 겨울 맛도 없이
고사리 같은 주먹에 진땀물이 굽이치더라
저 하늘에다 동창이나 뚫으랴 숨결이 막힌다.

# 엿장사

네가 주는 것이 무엇인가?
어린애게도 늙은이게도
즘생보담은 신령하단 사람에게
단맛 뵈는 엿만이 아니다
단맛 넘어 그 맛을 아는 맘
아무라도 가졌느니 잊지 말라고
큰 가새로 목타치는 네가
주는 것이란 어찌 엿뿐이랴!

# 거러지

아침과 저녁에만 보이는 거러지야!
이렇게도 완악하게 된 세상을
다시 더 가엾게 녀여 무엇 하러 나오느냐.

하느님 아들들의 죄록(罪錄)인 거러지야!
그들은 벼락 맞을 제들을 가엾게 여겨
한낮에도 움 속에 숨어주는 네 맘을 모른다 나오느라.

# 선구자의 노래

나는 남 보기에 미친 사람이란다
마는 내 알기엔 참된 사람이노라.

나를 아니꼽게 여길 이 세상에는
살려는 사람이 많기도 하여라.

오, 두려워라 부끄러워라
그들의 꽃다운 사리가 눈에 보인다.

행여나 내 목숨이 있기 때문에
그 살림을 못 살까-아, 죄롭다.

내가 앎이 적은가 모름이 많은가
내가 너무나 어리석은가 슬기로운가.

아무래도 내 하고저움은 미친 짓뿐이라
남의 꿀 듣는 집을 무늘지 나도 모른다.

사람아, 미친 내 뒤를 따라만 오너라
나는 미친 흥에 겨워 죽음도 뵈줄 테다.

# 구루마꾼

'날마다 하는 남부끄런 이 짓을
너희들은 예사롭게 보느냐?'고
웃통도 벗은 구루마꾼이
눈 붉혀 뜬 얼굴에 땀을 흘리며
아낙네의 아픔도 가리지 않고
네거리 위에서 소 흉내를 낸다.

# 마음의 꽃

― 청춘에 상뇌(傷惱)되신 동무를 위하여 ―


오늘을 넘어선 가리지 말라!
슬픔이든 기쁨이든 무엇이든
오는 때를 보려는 미리의 근심도―


아, 침묵을 품은 사람아 목을 열어라
우리는 아무래도 가고는 말 나그넬러라
젊음의 어둔 온천에 입을 적셔라.


춤추어라 오늘만의 젖가슴에서
사람아 앞뒤로 헤매지 말고


짓태워 버려라!
끄슬려 버려라!
오늘의 생명은 오늘의 끝까지만―


아, 밤이 어두워 오도다
사람은 헛것일러라
때는 지나가다

울음의 먼 길 가는 모르는 사이로ㅡ

우리의 가슴 복판에 숨어 사는
옅푸른 마음의 꽃아 피어버리라
우리는 오늘을 지리며 먼 길 가는 나그넬러라.

# 폭풍우를 기다리는 마음

오랜 오랜 옛적부터
아, 몇 백년 몇 천년 옛적부터
호미와 가래에서 등심살을 벗기우고
감자와 기장에서 속기름을 빼앗기인
산촌의 뼈만 남은 땅바닥 위에서
아직도 사람은 수확을 바라고 있다.

게으름을 빚어내는 이 늦은 봄날
'나는 이렇게도 시달렸노라 …'
돌멩이를 내보이는 논과 밭−
거기서 조으는 듯 호미질 하는
농사짓는 사람의 목숨을 나는 본다.

마음도 입도 없는 흙인 줄 알면서
얼마라도 더 달라고 정성껏 뒤지는
그들의 가슴엔 저주를 받을
숙명이 주는 자족이 아직도 있다
자족이 시킨 굴종이 아직도 있다.

하늘에도 게으른 흰 구름이 돌고
땅에서도 고달픈 침묵이 깔려진
오-이런 날 이런 때에는
이 땅과 내 마음의 우울을 부술
동해에서 폭풍우나 쏟아져라-빈다.

# 오늘의 노래

나의 신령!
우울을 헤칠 그날이 왔다!
나의 목숨아!
발악을 해볼 그때가 왔다.

사천년이란 오랜 동안에
오늘의 이 아픈 권태 말고도 받은 것이 있다면 그
게 무엇이랴
시기에서 난 분열과 거기서 얻은 치욕이나 열정을
죽었고
새로 살아날 힘조차 뜯어 먹으려는
관성(慣性)이란 해골의 떼가 밤낮으로 도깨비 춤추
는 것뿐이 아니냐?
아, 문둥이의 송장 뼉다구보다도 더 더럽고
독사의 썩은 등성이 뼈보다도 더 무서운 이 해골을
태워버리자! 태워버리자!
부끄러워라, 제 입으로도 거룩하다 자랑하는 나의
몸은

안을 수 없는 이 괴롬을 피하려 잊으려
선웃음치고 하품만 하며 해채 속에서 조을고 있다.

그러나 아직도
쉴 사이 없이 옮아가는 자연의 변화가 내 눈에 내
눈에 보이고
죽지도 살지도 않는 너는 생명이 아니다란 내 맘
의 비웃음까지 들린다.

아, 서리 맞은 배암과 같은 이 목숨이나마 끊어지
기 전에
입김을 불어 넣자, 핏물을 들여보자.

묵은 옛날은 돌아보지 말려고 기억을 무찔러버리고
또 하루 못 살면서 먼 앞날을 쫓아가려는 공상도
말아야겠다.
게으름이 빚어낸 조으름 속에서 나올 것이란 죄
많은 잠꼬대뿐이니

오랜 병으로 혼백(魂魄)을 잃은 나에게 무슨 놀라움이 되랴
애달픈 멸망의 해골이 되려는 나에게 무슨 영약(靈藥)이 되랴
아, 오직 오늘의 하루로부터 먼저 살아나야겠다
그리하여 이 하루에서만 영원을 잡아 쥐고 이 하루에서 세기(世紀)를 헤아리리
권태를 부수자! 관성을 죽이자!

나의 신령아!
우울을 헤칠 그날이 왔다.
나의 목숨아!
발악을 해볼 그때가 왔다.

# 반딧불

-단념은 미덕이다-루낭

보아라 저기!
아니 또 여기!

까마득한 저문 바다 등대와 같이
짙어가는 밤하늘에 별 낯과 같이
켜졌다 꺼졌다 깜박이는 반딧불!

아, 철없이 뒤따라 잡으려 마라
장미꽃 향내와 함께 듣기만 하여라
아낙네의 예쁨과 함께 맞기만 하여라.

# 농촌의 집

아버지는 지게 지고 논밭으로 가고요
어머니는 광지 이고 시냇가로 갔어요
자장자장 우지마라 나의 동생아
네가 울면 나 혼자서 어찌하라냐

해가 져도 어머니는 왜 오시지 않나
귀한 동생 배고파서 울기만 합니다
자장자장 우지마라 나의 동생아
저기저기 돌아오나 마중 가보자.

# 달아

달아!
하늘 가득히 서리운 안개 속에
꿈모닥이같이 떠도는 달아
나는 혼자
고요한 오늘 밤을 들창에 기대어
처음으로 안 잊히는 그이만 생각는다.

달아!
너의 얼굴이 그이와 같네
언제 보아도 웃던 그이와 같네
착해도 보이는 달아
만져보고 저운 달아
잘도 자는 풀과 나무가 예사롭지 않네.

달아!
나도 나도
문틈으로 너를 보고
그이 가깝게 있는 듯이

야릇한 이 마음 안은 이대로
다른 꿈은 꾸지도 말고 단잠에 들고 싶다.

달아!
너는 나를 보네
밤마다 손치는 그이 눈으로—
달아 달아
즐거운 이 가슴이 아프기 전에
잠 재워 다오—내가 내가 자야겠네.

# 나는 해를 먹다

구름은 차림옷에 놓기 알맞아 보이고
하늘은 바다같이 깊다라―ㄴ하다.

한낮 뙤약볕이 쬐는지도 모르고
온 몸이 아니 넋조차 깨온―아찔하여지도록
뼈저리는 좋은 맛에 자지러지기는
보기 좋게 잘도 자란 과수원의 목거지다.

배추 속처럼 핏기 없는 얼굴에도
푸른빛이 비치어 생기를 띠고
더구나 가슴에는 깨끗한 가을 입김을 안은 채
능금을 부수노라 해를 지우나니.

나뭇가지를 더우잡고 발을 뻗기도 하면서
무성한 나뭇잎 속에 숨어 수줍어하는
탐스럽게 잘도 익은 과일을 찾아
위태로운 이 짓에 가슴을 조이는 이때의 마음 저
하늘 같이 맑기도 하다.

머리카락 같은 실바람이 아무리 나부껴도
메밀꽃밭에 춤추던 별들이 아무리 울어도
지난날 예쁜이를 그리어 살며시 눈물짓는
그런 생각은 꿈밖에 꿈으로도 보이지 않는다.

남의 과일밭에 몰래 들어가
험상스런 얼굴과 억센 주먹을 두려워하면서
하나 둘 몰래 훔치던 어릴 적 철없던 마음이 다시
살아나자
그립고 우습고 죄 없던 그 기쁨이 오늘에도 있다.

부드럽게 쌓여 있는 이랑의 흙은
솥뚜껑을 열고 밥김을 맡는 듯 구수도 하고
나무에 달린 과일 푸른 그릇에 담긴 깍두기같이
입 안에 맑은 침을 자아내나니.

첫 가을! 금호강 굽이쳐 흐르고
벼이삭 배부르게 늘어져 섰는

이 벌판 한가운데 주저앉아서
두 볼이 비자웁게 해 같은 능금을 나는 먹는다.

# 역천(逆天)

이때야말로 이 나라의 보배로운 가을철이다
더구나 그림도 같고 꿈과도 같은 좋은 밤이다
초가을 열나흘 밤 엷푸른 유리로 천장을 한 밤
거기서 달은 마중 왔다 얼굴을 쳐들고 별은 기다
린다 눈짓을 한다
그리고 실낱같은 바람은 길을 끄으려 바래노라 이
따금 성화를 하지 않는가.

그러나 나는 오늘 밤에 좋아라 가고프지가 않다
아니다, 나는 오늘 밤에 좋아라 보고프지도 않다.

이런 때 이런 밤 이 나라까지 복지게 보이는 저편
하늘을
햇살이 못 쪼이는 그 땅에 낳아서 가슴 밑바닥으
로 못 웃어 본 나는 선뜻만 보아도
철모르는 나의 마음 홀아비 자식 아비를 따르듯
불 본 나비가 되어
꾀우는 얼굴과 같은 달에게로 웃는 이빨 같은 별에게로

앞도 모르고 뒤도 모르고 곤두치듯 줄달음질을 쳐
서 가느니.

그리하여 지금 내가 어디서 무엇 때문에 이 짓을
하는지
그것조차 잊고서도 낮이나 밤이나 노닐 것이 두
려웁다.

걸림 없이 사는 듯하면서도 걸림뿐인 사람의 세상—
아름다운 때가 오면 아름다운 그때와 어울려 한
뭉텅이가 못되어지는 이 살이—
꿈과도 같고 그림 같고 어린이 마음 위와 같은 나
라가 있어
아무리 불러도 멋대로 못가고 생각조차 못하게 지
천을 떠는 이 설움
벙어리 같은 이 아픈 설움이 칡넝쿨같이 몇 달 몇
해나 얽히어 틀어진다.

보아라, 오늘 밤에 하늘이 사람 배반하는 줄 알았다
아니다, 오늘 밤에 사람이 하늘 배반하는 줄도
알았다.

# 통곡

하늘을 우러러
울기는 하여도
하늘이 그리워 울음이 아니라
두 발을 못 뻗는 이 땅이 애달퍼
하늘을 흘기니
울음이 터진다
해야 웃지 마라
달도 뜨지 마라.

# 파란 비

파란 비가 '초-ㄱ초-ㄱ' 명주 찢는 소리를 하고 오늘 낮부터 아직도 온다.
비를 부르는 개구리 소리 어쩐지 을씨년스러워 구슬픈 마음이 가슴에 밴다.

나는 마음을 다 쏟던 바누질에서 머리를 한 번 쳐들고는 아득한 생각으로 빗소리를 듣는다.
'초-ㄱ초-ㄱ' 내 울음같이 훌쩍이는 빗소리야 내 눈에도 이슬비가 속눈썹에 듣는고나.
날 맞도록 오기도 하는 파란 비라고 설어움이 아니다.
나는 이 봄이 되자 어머니와 오빠 말고 낯선 다른 이가 그리워졌다.
그러기에 나의 설움은 파란 비가 오면부터 남부끄러 말은 못하고 가슴 깊이 뿌리가 박혔다.
매정스런 파란 비는 내가 지금 이와 같이 구슬픈지는 꿈에도 모르고 '초-ㄱ초-ㄱ' 나를 울린다.

# 비를 다고

-농민의 정서를 읊조림-

사람만 다라와질 줄로 알았더니
필경에는 믿고 믿던 하늘까지 다라와졌다
보리가 팔을 벌리고 달라다가 달라다가
이제는 곯아진 몸으로 목을 멧자나 빠주고 섰구나!

반갑지도 않은 바람만 냅다 불어
가엾게도 우리 보리가 달증이 든 듯이 노랗다.
풀을 뽑느니 이랑에 손을 내보느니 하는 것도
이제는 헛일을 하는가 싶어 맥이 풀려만 진다!

거름이야 죽을 판 살 판 거두어 두었지만
비가 안 와서-원수놈의 비가 오지 않아서
보리는 벌써 목이 말라 입에 대지도 않는다.
이렇게 한창 동안만 더 간다면
그만-그만이다. 죽을 수밖에 없는 노릇이구나!

하늘아, 한 해 열두 달 남의 일 해주고 겨우 사는
이 목숨이

곯아 죽으면 네 맘에 시원할 게 뭐란 말이냐
제발 빌자! 밭에서 갈잎 소리가 나기 전에
무슨 수가 나주어야 올해는 그대로 살아나가 보제!

# 시인에게

한 편의 시 그것으로
새로운 세계 하나를 낳아야 할 줄 깨우칠 그때
라야
시인아, 너의 존재가
비로소 우주에게 없지 못할 너로 알려질 것이다
가뭄 든 논에게는 청개구리의 울음이 있어야 하
듯―

새 세계란 속에서도
마음과 몸이 갈려 사는 줄 풍류만 나와 보아라
시인아, 너의 목숨은
진저리나는 절름발이 노릇을 아직도 하는 것이다
언제든지 일식(日蝕)된 해가 돋으면 뭣하며 진들
어떠랴

시인아, 너의 영광은
미친개 꼬리도 밟는 어린애의 짬 없는 그 마음이
되어

밤이라도 낮이라도

새 세계를 낳으려 손댄 자국이 시가 될 때에—

있다

촛불로 날아들어 죽어도 아름다운 나비를 보아라.

# 무제(無題)

풍랑에 일리던 배 어디메로 가단 말고
구름이 머을거던 처음에 날 줄 이어
허술한 배 두신 분네 모두 조심하소서.

# 곡자사(哭子詞)

웅희야 너는 갔구나
엄마가 뉜지 아비가 뉜지
너는 모르고 어디로 갔구나.

불쌍한 어미를 가졌기 때문에
가난한 아비를 두었기 때문에
오자마자 네가 갔구나.

달보다 잘났던 우리 웅희야
부처님보다도 착하던 웅희야
너를 언제나 안아나 줄고.

그러께 팔월에 네가 간 뒤
그해 시월에 내가 갇히어
네 어미 간장을 태웠더니라.

지나간 오월에 너를 얻고서
네 어미가 정신도 못 차린 첫 칠날

네 아비는 또다시 갇히었더니라.

그런 뒤 오온 한 해도 못되어
갖은 꿈 온갖 힘 다 쓰려던
이 아비를 바리고 너는 갔구나.

불쌍한 속에서 네가 태어나
불쌍한 한숨에 휩쌔고 말 것
어미 아비 두 가슴에 못이 박힌다.

말 못하던 너일망정 잘 웃기 때문에
장차는 어려움 없이 잘 지내다가
사내답게 한평생을 마칠 줄 알았지.

귀여운 네 발에 흙도 못 묻혀
몹쓸 이런 변이 우리에게 온 것
아, 마른하늘 벼락에다 어이 견주랴.

너 위해 얽던 꿈 어디 쓰고
네게만 쏟던 사랑 뉘게다 줄고
웅희야, 제발 다시 숨쉬어다오.

하루해를 네 곁에서 못 지내본 것
한 가지도 속 시원히 못해준 것
감옥방 판자벽이 얼마나 울었던지.

웅희야! 너는 갔구나
웃지도 울지도 꼼짝도 않고.

# 눈이 오시네

눈이 오시면
내 마음은 미치나니
내 마음은 달뜨나니
오, 눈 오시는 오늘밤에
그리운 그이는 가시네
그리운 그이는 가시고
눈은 자꾸 오시네.

눈이 오시면
내 마음은 달뜨나니
내 마음은 미치나니
오, 눈 오시는 이 밤에
그리운 그이는 가시네
그리운 그이는 가시고
눈은 오시네!

# 저무는 놀 안에서

-노인(勞人)의 구고(劬苦)를 읊조림-

거룩하고 감사론 이 동안이
영영 있게시리 나는 울면서 빈다
하루의 이 동안-저녁의 이 동안이
다만 하루만치라도 머물러 있게시리 나는 빈다.

우리의 목숨을 기르는 이들
들에게 일깐에서 돌아오는 때다
사람아, 감사의 웃는 눈물로 그들을 씻자
하늘의 하느님도 좇아낸 목숨을 그들은 기른다.

아, 그들의 흘리는 땀방울이
세상을 만들고 다시 움직인다
가지런히 뛰는 네 가슴 속을 듣고 들으면
그들의 헐떡이던 거룩한 숨결을 네가 찾으리라.

땀 찬 이마와 맥 풀린 눈으로
괴론 몸 움막집에 쉬러 오는 때다
사람아, 마음의 입을 열어 그들을 기리자

하느님이 무덤 속에서 살아옴에다 어찌 견주랴.

거룩한 저녁 꺼지려는 이 동안에 나 혼자 울면서
노래 부른다
사람이 세상의 하느님을 알고 섬기게시리 나는 노
래 부른다.

# 지구 흑점의 노래

영영 변하지 않는다 믿던 해 속에도 검은 점이 돋혀
─세상은 쉬이 식고 말려 여름철부터 모르리라─
맞거나 말거나 덩달아 걱정은 하나마
죽음과 삶이 숨바꼭질하는 위태로운 땅덩이에서도
어째 여기만은 눈 빠진 그믐밤조차 더 내려 깔려
애달픈 목숨들이─길욱하게도 못살 가엾은 목숨들이
무엇을 보고 어찌 살꼬 앙가슴을 뚜드리다 미쳐나
보았던가
아, 사람의 힘은 보잘것없다 건방지게 비웃고
구만 층 높은 하늘로 놀라가 사는
해 걱정을 함이야말로 주제넘다
대대로 흙만 파먹으면 한결같이 살려니 하던 것도
─우스꽝스런 도깨비에게 홀린 긴 꿈이었구나─
알아도 겪어도 예사로 여겨만 지는가
이미 밤이면 반딧불 같은 별이나마 나와는 주어야지
어째 여기만은 숨통 막는 구름조차 또 겹쳐 끼여
울어도 쓸데없이─단 하루라도 살 듯 살아볼 거리
없이

무엇을 믿고 잊어 볼꼬 땅바닥에 뒤궁굴다 죽거나
말 것인가
아, 사람의 맘은 두려울 것 없다 만만하게 생각코
천 가지 갖은 지랄로 잘 까부리는 저 하늘을 둠이
야말로 속 터진다.

# 달밤-도회

먼지투성이인 지붕 위로
달이 머리를 쳐들고 서네.

떡잎이 터진 거리의 포플라가 실바람에 불려
사람에게 놀란 도적이 손에 쥔 돈을 놓아버리듯
하늘을 우러러 은쪽을 던지며 떨고 있다.

풋솜에나 비길 얇은 구름이
달에게로 달에게로 날아만 들어
바다 위에 섰는 듯 보는 눈이 어지럽다.

사람은 온 몸에 달빛을 입은 줄도 모르는가
둘씩 셋씩 짝을 지어 예사롭게 지껄인다
아니다, 웃을 때는 그들의 입에 달빛이 있다. 달
이야긴가 보다.

아, 하다못해 오늘 밤만 등불을 꺼버리자
촌각시같이 방구석에서 추녀 밑에서

달을 보고 얼굴을 붉힌 등불을 보려무나.

거리 뒷간 유리창에도
달은 내려와 꿈꾸고 있네.

# 병적(病的) 계절

기러기 제비가 서로 엇갈림이 보기에 이리도 설
운가
귀뚜리 떨어진 나뭇잎을 부여잡고 긴 밤을 새네
가을은 애달픈 목숨이 나뉘어질까 울 시절인가
보다.

가없는 생각 짬 모를 꿈이 그만 하나 둘 잦아지려
는가
홀아비같이 헤매는 바람 떼가 한 배 가득 굽이치네
가을은 구슬픈 마음이 앓다 못해 날뛸 시절인가
보다.

하늘을 보아라, 야윈 구름이 떠돌아다니네
땅 위를 보아라, 젊은 조선이 떠돌아다니네.

# 청년

청년-그는 동망(憧望)-
제대로 노니는 향락의 임자
첫 여름 돋는 해의 혼령일러라

흰옷 입은 내 어느덧 스물 젊음이어라
그러나 이 몸은 울음의 왕이어라

마음은 하늘가를 날으면서도
가슴은 붉은 땅을 못 떠나노라

바람도 기쁨도 어린애 잠꼬대로
해 밑에서 밤 자리로(6자 미상)

청년-흰옷 입은 나는 비수(悲愁)의 임자
느껴울 빚은 술의 생명일러라.

# 예지

혼자서 깊은 밤에 별을 보옴에
갓모를 백사장에 모래알 한아가치
그리도 적게 세인 나인 듯하야
갑갑하고 애닯다가 눈물이 되네.

# 청량세계

아침이다.

여름이 웃는다. 한 해 가운데서 가장 힘차게 사는
답게 사노라고 꽃불 같은 그 얼굴로 선잠 깬 눈
들을 부시게 하면서 조선이란 나라에도 여름이
웃는다.

오, 사람아! 변화를 따르기엔 우리의 촉각이 너무
도 둔하고 약함을 모르고 사라지기만 하고 있다.

그러나 자연은 지혜를 보여주며 건강을 돌려주려
이 계절로 전신(轉身)을 했어도 다시 온 줄을 이제
야 알 때다.

꽃 봐라 꽃 봐라 떠들던 소리가 잠결에 들은 듯이
흐려져 버리고 숨가쁜 이 더위에 떡갈잎 잔디풀이
까지끗지 터졌다.

오래지 않아서 찬 이슬이 내리면 빛살에 다 쬐인
능금과 벼알에 배부른 단물이 빙그레 돌면서 그들
의 생명은 완성이 될 것이다.

열정의 세례(洗禮)를 받지도 않고서 자연의 성과만
기다리는 신령아! 진리를 따라가는 한 갈래 길이라
고 자랑삼아 안고 있는 너희들의 그 이지(理智)는
자연의 지혜에서 캐온 것이 아니라 인생의 범주
(範疇)를 축제(縮製)함으로써 자멸적 자족(自滅的自
足)에서 긁어모은 망상이니 그것은 진(眞)도 아니
오 선(善)도 아니며 더우든 미(美)도 아니오 다만
사악이 생명의 탈을 쓴 것뿐임을 여기서도 짐작을
할 수 있다.

아, 한낮이다.
이마 위로 내려 쪼이는 백금(白金)실 같은 날카로
운 광선이 머리카락마다를 타고 골속으로 스며들
어 마음을 흔든다, 마음을 흔든다 — 나뭇잎도 번쩍
이고 바람결도 번쩍이고 구름조차 번쩍이나 사람
만 홀로 번쩍이지 않는다고 —.
언젠가 우리가 자연의 계시에 충동이 되어서 인생
의 의식을 실현한 적이 조선의 기억에 있느냐 없

느냐? 두더지같이 살아온 우리다. 미적지근한 빛에서는 건강을 받기보담 권태증을 얻게 되며 잇대연 멸망으로 나도 몰래 넘어진다.

살려는 신령들아! 살려는 네 심원(心願)도 나무같이 뿌리 깊게 땅 속으로 얽어매고 오늘 죽고 말지언정 자연과의 큰 조화에 나누이지 말아야만 비로소 내 생명을 가졌다고 할 것이다.


저녁이다.

여름이 성내었다, 여름이 성내었다. 하늘을 보아라, 험살스런 구름떼가 빈틈없이 덮여 있고, 땅을 보아라, 분념(忿念)이 꼭두로 오를 때처럼 주먹 같은 눈물을 함박으로 퍼붓는다.

까닭 몰래 감흥(感興)이 되고 답답하게 무더우나 가슴속에 물기가 돌며 마음이 반가웁다. 오, 얼마나 통쾌하고 장황(張惶)한 경면(景面)인가!


강둑이 무너질지 땅바닥이 갈라질지 의심과 주저

도 할 줄을 모르고 귀청이 찢어지게 소리를 치면서 최시(最始)와 최종(最終)만 회복해보려는 마지못할 그 일념을 번갯불이 선언한다.

아, 이때를 반길 이가 어느 누가 아니랴마는 자신과 경물(景物)에 분재(分在)된 한 의식을 동화시킬 그 생명도 조선아 가졌느냐? 자연의 열정인 여름의 변화를 보고 불쌍하게 무서워만 하는 마음이 약한 자와 죄과를 가진 자여, 사악에 추종을 하던 네 행위의 징벌을 이제야 알아라.

그러나 네 마음에 뉘우친 생명이 굽이를 치거든 망령되게 절망을 말고 저편 하늘을 바라다보아라. 검은 구름 사이에 흰 구름이 보이고 그 너머 저녁놀이 돌지를 않느냐?
오늘 밤이 아니면 새는 아침부터는 아마도 이 비가 개이곤 말 것이다.
아, 자연은 이렇게도 언제든지 시일을 준다.

# 쓰러져가는 미술관

-어려서 돌아간 인순의 신령에게-

옛 생각 많은 봄철이 불타오를 때
사납게 미친 모든 욕망-회한을 가슴에 안고
나는 널 속을 꿈꾸는 이 불에 묻혔어라.

쪼각쪼각 흩어진 내 생각은 민첩하게도
오는 날은 묵은 해 되넘어 구름 위를 더우잡으며
말 못할 미궁에 헤맬 때 나는 보았노라.

진흙 칠한 하늘이 나직하게 덮여
야릇한 그늘 끼인 냄새가 떠도는 검은 놀 안에
오, 나의 미술관! 네가 게서 섰음을 내가 보았노라.

내 가슴의 도장에 숨어 사는 어린 신령아!
세상이 둥근지 모난지 모르던 그날그날
내가 네 앞에서 부르던 노래를 아직도 못 잊노라.

클레오파트라의 코와 모나리자의 손을 가진
어린 요정아! 내 혼을 가져간 요정아!

가차운 먼 길을 밟고 가는 너야, 나를 데리고 가라.

오늘은 임자도 없는 무덤 - 쓰러져가는 미술관아
잠자지 않는 그날의 기억을 안고 안고
너를 그리노라, 우는 웃음으로 살다 죽을 나를 불러라.

# 동경에서

−1922년 가을
오늘이 다 되도록
일본의 서울을 헤매어도
나의 꿈은 문둥이 살기 같은
조선의 땅을 밟고 돈다.

예쁜 인형들이 노는 이 도회의
호사로운 거리에서 나는 안 잊히는
조선의 하늘이 그리워 애달픈 마음에
노래만 부르노라.

'동경(東京)'의 밤이 밝기는 낮이다−
그러나 내게 무엇이랴!
나의 기억은 자연이 준 등불
해금강(海金剛)의 달을 새로이 솟친다.

색채의 음향이 생활의
화려로운 아롱 사(紗)를 짜는

예쁜 일본의 서울에서도 나는
암멸(暗滅)을 서럽게-달게 꿈꾸노라.

거룩한 단순의 상징체인
흰옷 그 너머 사는 맑은 네 맘에
숯불에 손 데인 어린 아기의 쓰라림이
숨은 줄을 뉘라서 아랴!

벽옥(碧玉)의 하늘은 오직 네게서만
볼 은총 받았던 조선의 하늘아
눈물도 땅속에 묻고 한숨의 구름만이
흐르는 네 얼굴이 보고 싶다.

아 예쁘게 잘 사는 '동경'의
밝은 웃음 속을 온 데로 헤매나
내 눈은 어둠 속에서 별과 함께
우는 흐린 호롱불을 넋 없이 볼 뿐이다.

# 금강송가(金剛頌歌)

-중향성 향나무를 더우잡고-

금강(金剛)! 너는 보고 있도다-너의 쟁위(箏偉)로
운 목숨이 엎디어 있는 가슴-중향성(衆香城) 품속
에서 생각의 용솟음에 끄을려 참회하는 벙어리처
럼 침묵의 예배만 하는 나를!

금강! 아, 조선이란 이름과 얼마나 융화된 네 이름
이냐. 이 표현의 배경의식은 오직 마음의 눈으로만
읽을 수 있도다. 모-든 것이 어둠에 질식되었다가
웃으며 놀라 깨는 서색(曙色)의 영화(榮華)와 여일
(麗日)의 신수(新粹)를 묘사함에서-게서 비로소 열
정과 미(美)의 원천인 청춘-광명과 지혜의 자모
(慈母)인 자유-생명과 영원의 고향인 묵동(默動)을
볼 수 있느니 조선이란 지오의(指奧義)가 여기 숨
었고 금강이란 너는 이 오의(奧義)의 집중 통각(統
覺)에서 상징화한 존재이여라.

금강! 나는 꿈속에서 몇 번이나 보았노라. 자연 가
운데의 한 성전(聖殿)인 너를-나는 눈으로도 몇

번이나 보았노라. 시인의 노래에서 또는 그림에서 너를 – 하나, 오늘에야 나의 눈앞에 솟아 있는 것은 조선의 정령(精靈)이 공간으론 우주 마음에 촉각(觸角)이 되고 시간으론 무한의 마음에 영상(映像)이 되어 경이의 창조로 현현(顯現)된 너의 실체이어라.

금강! 너는 너의 관미(寬美)로운 미소로써 나를 보고 있는 듯 나의 가슴엔 말래야 말 수 없는 야릇한 친애와 까닭도 모르는 경건한 감사로 언젠지 어느덧 채워지고 채워져 넘치도다. 어제까지 어둔 살이에 울음을 우노라 – 때 아닌 늙음에 쭈그러진 나의 가슴이 너의 자안(慈顔)과 너의 애무로 다리미질한 듯 자그마한 주름조차 볼 수 없도다.

금강! 벌거벗은 조선 – 물이 마른 조선에도 자연의 은총이 별달리 있음을 보고 애틋한 생각 – 보배로운 생각으로 입술이 달거라 – 노래 부르노라.

금강! 오늘의 역사가 보인 바와 같이 조선이 죽었고 석가가 죽었고 지장미륵(地藏彌勒) 모든 보살이 죽었다. 그러나 우주 생성(生成)의 노정(路程)을 밟노라—때로 변화되는 이 과도현상(過度現象)을 보고 묵은 그 시절의 조선 얼굴을 찾을 수 없어 조선이란 그 생성 전체가 죽고 말았다—어리석은 말을 못하리라. 없어진 것이란 다만 묵은 조선이 죽었고 묵은 조선의 사람이 죽었고 묵은 네 목숨에서 곁방살이하던 인도(印度)의 모든 신상(神像)이 죽었을 따름이다. 항구한 청춘—무한의 자유—조선의 생명이 종합된 너의 존재는 영원한 자연과 미래의 조선과 함께 길이 누릴 것이다.

금강! 너는 사천여 년의 오랜 옛적부터 퍼붓는 빗발과 몰아치는 바람에 갖은 위협을 받으면서 황량하다. 오는 이조차 없던 강원(江原)의 적막 속에서 망각 속에 있는 듯한 고독의 설움을 오직 동해(東海)의 푸른 노래와 마주 읊조려 잊어버림으로 서

러운 자족을 하지 않고 도리어 그 고독으로 너의
정열을 더욱 가다듬었으며 너의 생명을 갑절 북돋
우었도다.

금강! 하루 일찍 너를 찾지 못한 나의 게으름- 나
의 둔각(鈍覺)이 얼마만치나 부끄러워, 죄스러워
붉은 얼굴로 너를 바라보지 못하고 벙어리 입으로
너를 바로 읊조리지 못하노라.

금강! 너는 완미(頑迷)한 물(物)도 허환(虛幻)한 정
(精)도 아닌ー물과 정의 혼융체(混融體) 그것이며,
허수아비의 정(精)도 미쳐 다니는 동(動)도 아닌ー
정과 동의 화해기(和諧氣) 그것이다. 너의 자신이
야말로 천변만화(千變萬化)의 영혜(靈慧)가득 찬 계
시이여라. 억대조겁(億代兆劫)의 원각 덩어리인 시
편(詩篇)이여라. 만물상이 너의 운용에서 난 예지
가 아니냐 만폭동(萬瀑洞)이 너의 화해(和諧)에서난
선율이 아니냐. 하늘을 어루만질 수 있는 곤려(昆

廬)—미륵 네 생명의 승앙(昇昻)을 쏘이며 바다 밑
까지 꿰뚫은 입담(入潭), 구룡(九龍)이 네 생명의
심삼(深滲)을 말하도다.

금강! 아 너 같은 극치의 미가 꼭 조선에 있게 되
었음이 야릇한 기적이고 자그마한 내 생명이 어찌
네 애훈(愛熏)을 받잡게 되었음이 못 잊을 기적이
다. 너를 예배하려 온 이 가운데는 시인도 있었으
며 도사도 있었다. 그러나 그 시인들은 네 외포미
(外包美)의 반쯤도 부르지 못하였고 그 도사들은
네 내재상(內在想)의 첫길에 헤매다가 말았다.

금강! 조선이 너를 뫼신 자랑—네가 조선에 있는
자랑—자연이 너를 낳은 자랑—이 모든 자랑을 속
깊이 깨치고 그를 깨친 때의 경이(驚異) 속에서 집
을 얽매고 노래를 부를 보배로운 한 정령(精靈)이
미래의 조선에서 나오리라. 나오리라.

금강! 이제 내게는 너를 읊조릴 말씨가 적어졌고 너를 기려줄 가락이 거칠어져 다만 내 가슴속에 있는 눈으로 내 마음의 발자국 소리를 내 귀가 헤아려 듣지 못할 것처럼-나는 고요로운 황홀 속에서-할아버지의 무릎 위에 앉은 손자와 같이 예절과 자중(自重)을 못 차릴 네 웃음의 황홀 속에서-나의 생명 너의 생명 조선의 생명이 서로 묵계(黙契)되었음을 보았노라. 노래를 부르며 가벼우나마 이로써 사례를 아뢰노라. 아 자연의 성전이여! 조선의 영대(靈臺)여!

# 이상화 평전

# "조선의 하늘이 그리워 애달픈 마음에 노래만 부르노라"

"지금은 남의 땅―빼앗긴 들에도 봄은 오는가"라고 외쳤던 마돈나의 시인 이상화(李相和). 그 어느 누구보다 철저하고 다분하게 민족의식을 바탕으로 저항시의 참다운 면모를 보여 왔던 그는 민족의식의 뜨거운 용광로 속에서 일생을 몸부림치다가 숨겨간 시인이었다.

1901년 4월 5일, 20세기 무거운 어둠이 우리 민족의 역사가 흐르는 동안 한(恨)처럼 남겨질 시대적인 배경이 짙게 깔리고 있는 그런 봄날에 그는 경상북도 대구시 중구 서문로에서 부친 우남(又南) 이시우(李時雨)와 모친 김신자(金慎子) 사이에서 둘째아들로 태어났다. 그러나 그의 부친은 상화가 7세 때 별세해서 그들 형제들은 편모슬하에서 자라게 된다. 하지만 그들 형제들은 꿋꿋이 성장하였다.

맏이인 상정(相定)은 16세 되던 해에 일본으로

건너가 육군 유년학교를 다녔고 미술학교와 상업학교를 거쳤으며 국학원대학(國學院大學)까지 마쳤다. 그는 3·1운동이 일어나던 해인 1919년에 귀국, 독립운동에 자신의 모든 정열을 불태웠다.

특히 도산 안창호(安昌浩) 선생과의 친분이 두터웠고 정주의 오산학교(五山學校) 교장으로 있는 남강 이승훈(李昇薰)의 권유로 오산학교에서 약 3년간을 월급도 받지 않고 무보수로 재직하였다. 당시의 오산학교라 함은 설립정신과 교풍이 민족정신, 민족교육의 요람으로 전국의 수제자들이 모이던 곳이다.

이곳에서 상정은 오직 민족 교육을 가르친다는 자부심과 조국애로 혼신의 힘을 다 바쳤으며 교사(校舍)를 신축할 때는 학생들과 함께 벽돌을 등에 지고 나르는 등 행동적인 사도(師道)를 보여주기도 했다.

그러던 어느 날, 당시 오산학교의 교감으로 있었던 고당 조만식(曺晩植) 선생이 학생들 앞에서 연설을 했다.

"국산품을 애용하는 길만이 우리가 독립할 수

있는 길입니다.”

그러자 연단 밑에서 앉아있던 상정은 자리에서 벌떡 일어나 조만식 옆으로 다가가더니 자신이 입고 있던 비단옷을 벗어 찢어버리는 것이었다. 조만식의 연설과 이상정의 후련한 태도를 본 학생들은 자기들도 입고 있었던 일제 옷을 모두 벗어 찢어버렸다는 유명한 이야기가 있다

그러나 그는 일경의 집요한 감시 속에선 더 이상 국내에서의 독립운동은 불가능하다고 믿고 1923년, 그러니까 그의 나이 26세이던 해에 중국으로 건너가 독립운동을 벌였다.

1937년에 중일전쟁이 일어나자 국민정부의 초청으로 중경 육군참모학교의 교관을 지냈고 1939년에는 임시정부의 의원에 선임되었으며 1941년에는 중국 육군유격대훈련학교의 교수를 지냈다. 또한 화중군 사령부의 고급 막료로 남경전 한국전에 직접 참가하기도 했다.

해방 후엔 상해에 머무르면서 교포들의 보호에 전력하다가 1947년에 귀국, 뇌일혈로 사망하고 말았다.

이렇듯 투철한 민족정신을 가진 상정의 정신이 아우인 상화에게 크게 영향을 주었음은 당연한 일이 아닐 수 없다.

셋째인 상백(相栢)은 한국 체육발전의 원로, 또는 사회학 분야의 석학으로서 우리에게 잘 알려진 사람으로 일본 유학시절에 운동선수로 활약한 그는 한국인으로 일본농구협회를 창설했고 1936년 제10회 올림픽대회 때는 일본대표단의 총무로 베를린을 다녀오는 등 일본 체육발전에 크게 이바지했다. 이는 친일의 범주를 벗어나 그의 순수한 능력으로 정치적, 경제적 분야가 아닌 순수한 체육 분야라는 점에서, 이념과 국가를 초월하여 만날 수 있는 광장에 그가 우뚝 서 있음이 평가되리라 믿는다.

해방이 되자, 조선체육동지회를 창설한 그는 위원장으로 취임했고 조선체육회 이사장, 대한체육회 부회장에 취임하는 등 다분한 활동을 보였고, 그뿐 아니라 서울대학교의 교수로 사회학 분야의 개척에도 많은 업적을 남겼다.

넷째이자 막내인 상오(相旿)는 수렵인(狩獵人)이

었다. 형들의 화려한 삶, 저마다 개척된 분야 속에서 살아온 형들의 그늘에서 자칫 작게 보일지 모르지만, 우리나라에서는 미개척 분야인 수렵의 세계에 대한 전문적인 지식을 체계화시킨 것은 그가 처음이었다.

상화는 14세가 되던 1914년까지 가정사숙(家庭私塾)에서 백부인 이일우(李一雨)의 훈도와 어머니의 사랑 속에서 대소가의 자녀들 7, 8명과 함께 공부를 했다.

15세가 되던 해에 경성의 중앙학교(中央學校=현재의 中東)에 입학을 하게 되고, 하숙은 계동 32번지에 위치한 전진한(錢鎭漢)의 집으로 정했다. 바로 이 순간부터가 시인 이상화가 탄생되기 시작한 것이다.

중앙학교 3학년에 접어들면서 그때까지 공부를 잘했던 상화는 점차 공부에 대한 흥미를 잃었고 그 나이 때면 으레 겪게 되는 인생과 우주에 대한 철학적인 번민에 빠져버렸다. 그러나 그 정도는 한 순간의 열병을 지나 너무 심한 정도여서 몇 날 몇 밤을 꼬박 새우는 일이 많았고 방황하는 그의 영혼은 나라를 잃은 한 젊은이로서의 의식의 깨어남이기도 했다.

이때에 대구 백기만(白基萬), 아우인 이상백 등과 ≪거화(炬火)≫라는 습작집을 냈으나 그것이 어떤 내용이 담긴 것인지는 아직까지도 전하여지지는 않고 있다.

중앙학교를 수료한 상화는 다시 고향에 내려와 두문불출, 독서와 시작(詩作)을 했지만 상화의 회의는 끝없이 이어졌고 결국 아무에게도 말 한마디 없이 행장도 갖추지 않은 채 표연히 집을 떠나 방랑의 길에 접어들었다.

그렇게 그해 여름이 지나가고 가을이 깊어진 어느 날, 상화는 절어빠진 여름옷을 걸치고 흐트러진 머리는 어깨를 덮었으며 얼굴은 마르고 타서 중병을 앓고 난 거지차림으로 지팡이를 짚고 나타나게 된다.

그는 그동안 금강산을 비롯하여 강원도 일대를 방랑하였는데, 이때 씌어진 시가 상화의 최초작으로 알려진 <말세의 한탄>보다 먼저 씌어진 <금강

송가(金剛頌歌)>라고 한다.

항간에는 이때 씌어진 시가 <나의 침실로>라고 주장하기도 하나 상화는 항상 작품의 말미(末尾)나 시제(詩題) 밑에 제작연대가 아니면 구고(舊稿)라고 명시해놓고 있는데 <나의 침실로>는 그런 표기가 없는 것으로 미루어보아 그 작품이 발표된 ≪백조(白潮)≫ 3호의 간행년도가 1923년이니 상화의 23세 때의 작품이라고 주장하기도 한다.

기미년 3월 1일, 파고다공원에서부터 시작된 우리 민족의 독립운동을 상화가 대구에서 알게 된 것은 그 다음날인 3월 2일이었다.

누구보다 민족의식에 충만해 있던 상화가 이 사실을 알고 그대로 좌시만 하고 있을 리 없었다. 그는 백기만과 함께 대구에서의 거사계획을 세웠다. 본부는 상화의 집 사랑방이었으며 두 사람은 대구의 학생들을 동원하기로 의견을 모으고, 대구고등보통학교(현 경북중고등학교)의 학생 동원은 백기만이, 그리고 계성학교는 상화가 맡기로 하고 학생들을 동원하기 시작했다. 이때 동원된 학생으로는

대구보통학교의 학생으로 허범, 김재소, 하윤실, 김
수천, 이곤희, 계성학교 학생으로는 이심돌, 정원
조, 신명학교는 임봉선, 이선애, 그리고 당시 신명
여학교 부교장이었던 이재인(李在寅) 등과 연락이
되었고, 교회 계통의 지도자들과도 제휴가 이루어
졌다.

거사일은 3월 8일로 정해졌다. 이 날은 남성정
(南聖町)예배당 목사인 이만집이 계성의 정원조를
상화에게 보내어 8일은 대구의 큰 장날이니 그날
오후 1시 정각에 선언하고 시위하는 것이 어떠냐
는 제의가 받아들여져 그날로 정하게 되었다.

선전문(宣傳文)의 등사는 상화가 극비리에 맡아
서 했고, 백기만이 허범, 하윤실, 김수천 등과 태극
기를 3백매나 박았다.

드디어 8일 아침, 모두는 태극기와 선전문을 들
고 학교로 향했다. 그러나 거사일을 눈치 챈 일경
들은 벌써 주동자들을 검거하고 있었다. 이때 모두
가 검거됐지만, 상화만 용케 빠져나와 각 곳에 선
전문을 뿌리고 독립운동자금을 조달하는 등 항일
운동을 벌이다가 탈출하였다.

서대문 밖 냉동(冷洞) 92번지 박태원이란 친구가 기거하는 곳이었다. 박태원은 계성학교 출신의 친구로서 매우 가깝게 지내는 사이였다. 이 친구의 보살핌으로 상화의 서울생활은 계속된다.

상화는 어찌나 이 친구와 가깝게 지냈던지 박태원이 젊은 나이로 죽자 그 비통한 슬픔을 <이중의 사망(1923년 백조 3호)>에서 애달프게 노래했다. '가서 못 오는 박태원의 애틋한 영혼에 바침'이란 부제까지 붙여가면서.

1919년 10월 13일, 그의 나이 19세 때 상화는 백부의 명에 따라 결혼을 했다. 그러나 상화는 자신과 결혼한 서온순(徐溫順)이란 여인에게 정을 줄 수가 없었기에 다시 냉동으로 올라와버렸다. 그럼에도 부인은 별다른 불평도 없이 시집살이를 했고 인내심을 간직한 채 묵묵히 견디어 갔다. 사실 상화가 부인에게 그럴 수밖에 없었던 사정이 있었는데, 상화에겐 당시 신학문을 하는 대개의 젊은이들이 그랬듯이 그도 한 여인을 사랑하고 있었다. 손필연(孫畢蓮) — 독립운동을 하는 여자로 그의 동지

들이 서대문형무소에 들어있어 그들의 뒷바라지를 하고 있는 여자였다.

1921년 5월, 상화는 빙허 현진건(玄鎭健)의 소개로 월탄 박종화(朴鍾和)와 만나 홍사용(洪思容), 나도향(羅稻香), 박영희(朴英熙)와 함께 ≪백조≫동인에 가담하여 본격적인 문학 활동에 들어갔다. 이때부터 상화가 세상을 떠나기 2년 전인 1941년까지 20여년 동안 많은 작품을 발표하게 되나 대부분의 작품들이 ≪백조≫동인으로 활동하던 1920년대를 전후해서이다.

그러나 한편으로 당시 풍미하던 프랑스의 세기말 사상이나, 러시아적 우울이 그를 지배했고 그의 의식을 뿌리 깊게 사로잡고 있는, 나라를 잃은 민족으로서의 헤어날 길이 없는 슬픔이 날마다 그를 술독에 빠져서 취하게 했다. 그는 얼마나 술을 마셨던지 '나는 술 취한 집을 세우려 한다'고 그는 자신의 시에서까지 노래했다.

1922년 봄, 상화는 일본 동경으로 유학했는데, 본디 뜻은 프랑스로 유학을 가기 위해서였다. 그는 항시 요시찰 인물이었기에 국내에서는 외국여행증의 교섭이 불가능했기 때문이다.

그러나 상화에겐 2년이 지나도록 좀처럼 기회가 주어지지 않았다.

그러나 어느 날, 상화는 일요일마다 모이게 되는 일본 유학생회관에 들렀다가 대단한 미모를 갖춘 여인을 만나 사랑에 빠지게 된다. 유보화(柳寶華)─함흥 출생으로서 이미 유학생 사회에서는 잘 알려진 여인으로서 모든 유학생들에게 사랑의 표적이 되고 있었다.

1923년 9월, 상화는 일본에 머물고 있으면서 관동 대진재의 참상을 직접 목격했고, 그 자신도 학살될 위기를 맞는다. 한국인의 목숨은 파리 목숨만도 못했고 수천 명의 한국인이 아무런 죄 없이 학살되고 있었다.

상화는 어느 날 거리에 나갔다가 청년자위단에게 붙잡혀 죽창을 든 그들 손에 이끌려 살해 장소로 끌려가고 있었다. 하지만 상화는 죽을 때 죽더라도 비굴한 모습을 보이지 않고 침착한 어조로 꾸짖었다.

"나는 죄 없는 사람이다. 그대들도 죄 없는 사람일 것이다. 죄 없는 사람이 사람을 죽인다는 것은 있을 수 없는 일이다."

그러자 그들은 상화의 의연한 태도에 기가 꺾였는지 서로 얼굴을 마주보며 악인은 아닌 것 같다고 저희들끼리 수군거리고선 상화를 놓아주었다.

그 후로 다시 조선으로 돌아온 상화는 더욱더 변화하기 시작했다. 그의 시가 더욱 힘차게 일제의 강압에 대한 저항의식을 표출하기 시작한 것이다. 이때에 씌어진 작품이 저 유명한 <빼앗긴 들에도 봄은 오는가>였다.

1925년과 1926년 사이의 상화는 많은 작품과 일제에 대한 저항을 힘차게 표출했지만, 그러나 그것도 잠시, 상화는 깊은 상처를 입고 말았다. 유보화의 죽음이 바로 그것이다.

1926년 가을, 상화는 보화가 위중하다는 소식을 듣고 함흥으로 달려갔다. 보화는 폐병의 말기로서 생명이 조석에 달려있던 것이다. 피를 토하는 보화를 상화는 한 달이 다 되도록 간호하였지만, 그녀는 상화의 가슴에 얼굴을 묻은 채 영원히 눈을 감고 말았다. 그녀는 상화의 전기시가 지니고 있는 세계를 대변할만한 슬픔과 관능의 꽃이었다.

상화는 그녀를 잃은 깊은 상처를 붙안고 1927년 그가 27세이던 해 고향으로 내려왔다. 그러나 고향의 그 어느 것도 상화의 슬픔과 고통을 치유하지 못했고 오히려 일제의 경찰들의 감시와 구속만이 잇따랐다. 가택수사는 물론이려니와 의열단(義烈團) 이종암(李鍾岩)의 사건에 연루되어 피검되기도 했고, 장진홍(張鎭弘)의 조선은행 지점 폭탄 투척사건에도 관련이 있다 하여 고문과 폭행을 당하기도 했다.

상화는 이때부터 사신을 스스로 가눌 길이 없어 방탕의 길로 접어들었고 4,5년이나 계속된 몸부림은 가산의 탕진과 자신의 건강 악화뿐이었다.

상화가 그의 맏형인 상정 장군을 만나러 간 1937년, 나이 37세까지 조선일보 경북 총국을 맡아 경영하기도 했지만, 이재에 밝지 못한 그는 그만 실패하고 말았다.

상화가 중국으로 건너간 것은 그의 맏형인 상정

이 죽었다는 설이 나돌았다가 그것이 아닌 투옥되었다는 소식에 구명책으로 중국엘 건너간 것이다. 그러나 막상 그곳엘 가보니 상정은 출옥해 있었고, 상화는 그곳에서 약 3개월 간 머무르며 중국 각지를 돌아보고 귀국하였다.

귀국하자 상화를 기다리고 있는 것은 또다시 일경의 고문이었다. 20여일 간 스파이라는 죄목으로 고초를 겪었는데 이로 말미암아 몸이 쇠약해져서 그의 타계의 근복적인 원인이 되고 말았다.

그러한 동시에 상화의 인생관이 엄청난 변화를 가져왔다. 그는 그때부터 한 방울의 술도 입에 대지 않았으며 20여 년 동안이나 아무런 말이 없이 모든 것을 참고 기다려 온 서온순의 미덕을 이해하고 그를 경애하기 시작했다.

이후 1940년까지 4년여 동안 상화는 자신의 모든 정력과 정열을 교육 및 문화 사업에 쏟기 시작했고 무보수로 교남학교의 영어와 작문의 강사가 되었으며, '피압박 민족은 주먹이라도 굵어야 한다'는 지론 아래 교남학교의 운동경기 종목에 권투부를 만들어 오늘날 대구 태백구락부의 모태를 이루어 놓았다. 그것뿐만 아니라 상화는 학교의 재단을 세우기 위해 노력한 결과 1940년 대륜중학(大倫中學)의 설립을 가능케 했다. 또한 교남학교의 교가도 그가 지은 것이다.

'태백산이 높솟고/낙동강이 내다른 곳에/오는 세기 앞잡이들 /손에 손을 잡았다/높은 내 이상 굳은 너의 의지로/나가자 가자 아아 나가자/예서 얻은 빛으로/삼천리 골골에 샛별이 되어라.'

이 땅을 젊어지고 나갈 미래의 젊은이들을 향한 그의 염원이 깊게 나타나 있는 가사이다.

그러나 1940년에 이르자 상화는 학교를 사임하였다. 아마도 문단에 다시 컴백할 의도였던 것 같았으며, 사임 후에는 《춘향전》의 영역과 《국문학사》의 집필, 불란서 시 평역(評譯)을 간행할 목적으로 준비하고 있었다.

그러나 그의 건강은 그의 인생의 종장(終章)을 마련하고 있었다. 1943년 1월, 상화는 위암이라는 병명으로 자리에 눕고 말았다. 2월 중순, 만주로 떠나는 백기만이 상화를 찾아갔을 땐 이미 알아보기 힘들 정도로 여위어 있었다.

"내가 집필하려던 국문학사를 탈고해 놓고 죽기나 했으면 좋을 텐데, 그것도 틀린 모양이야."

이렇게 말하며 그는 백기만을 바라보며 힘없이 웃었다.

그해 1943년 3월 21일 상오 8시, 상화는 그의 집에서 부인에게 알아들을 수 없는 몇 마디의 말을 남기고 '지금은 남의 땅, 빼앗긴 들에도 봄은 오는가'라고 외쳤던 민족주의 저항시인 이상화는 영원히 눈을 감고 말았다.

큰아들 용희(龍熙)는 당시 18세의 중학생이었고, 둘째인 충희(忠熙)는 10세, 셋째인 태희(太熙)는 6세의 어린이였다.

상화가 유명을 달리했던 이날 21일에는 또한 같은 고향 사람이며 ≪백조≫의 동인인 현진건이 유명을 달리하고 있었으니, 묘한 운명의 일치요, 문단의 두 별이 함께 떨어진 그런 슬픈 날이었다.

이때의 슬픔을 월탄 박종화는 ≪춘추(春秋)≫ 제6호에서 이렇게 적고 있다.

－4월 25일(음력 3월 21일)! 잊혀지지 않을 昭和 發未 4월 25일 이날, 하루 동안에 나는 두 분의 친한 벗을 잃게 되었다. 우연이라 하면 너무도 공교롭게 숙연이라 하면 너무도 영절스러운 노릇이다 … 애당초 내가 상화를 알 때 빙허(憑虛)를 통해서 알았고, 오늘 상화의 부음을 듣기는 또한 빙허의 죽음을 조문하러 빙허의 댁으로 갔다가 들었으니 이 무슨 범상치 않은 인연인고!(중략) … 한 사람은 아침결에 가고, 한 사람은 밤에 갔구나! 상화는 아침결에 대구를 떠나서 서울을 들러 빙허를 데리고 동무해 갔단 말이냐! 야멸찬 사람들이로구나.－

경상북도 달성군 화원면 벌리 1구, 소나무숲이 울창한 월성이씨 가족묘지에 상화의 유해는 잠들어 있다.

1943년 가을에 백기만, 서동진, 박명조, 김봉기, 이순희, 주덕근, 이홍로, 윤갑기, 김준묵 등 향우(鄕友) 10여 인의 동의로 세운 묘비에는 일제(日帝)의 눈을 피하느라고 [詩人白啞李公諱相和之墓]라고만 적혀 있으나 1948년 3월, 김소운(金素雲)의 제청으로 시단(詩壇)의 호응을 얻어 이윤수(李潤守)를 비롯한 대구 ≪죽순(竹筍)≫동인의 협력과 함께 우리나라 최초로 세워진 달성공원의 상화시비(相和詩碑)에는 상화의 의기로운 기록과 <나의 침실로>의 일절이 새겨져 있어 그의 자취를 더듬게 하고 있다.

[無量], [想華], [尙火], [白啞]라는 네 개의 아호(雅號)를 지니고 40평생을 살았던 시인 이상화. 그는 자신이 지녔던 호의 의미에 걸맞게, 크고 맑은 삶을 살았던 영원한 민족주의 시인이었다.

## 빼앗긴 들에도 봄은 오는가

1판 1쇄 인쇄  2011년 8월 23일
1판 1쇄 발행  2011년 8월 29일

지은이  이상화
엮은이  이상규
펴낸이  이태선
펴낸곳  창작시대사

서울특별시 마포구 연남동 228-4
전화 02-325-5355
팩스 02-325-5385
이메일 changzak@paran.com

등록일자  1991년 4월 9일
등록번호  제2-1150호

ISBN  978-89-7447-177-4  03810